martine
et le chaton vagabond

À l'occasion de son anniversaire, Martine a reçu un journal. C'est un cadeau de tante Lucie. Elle y écrit les événements de tous les jours

Aujourd'hui dimanche 21
Nous sommes allés pique-niquer avec Jean au bord de la rivière. Maman a préparé toutes sortes de bonnes choses. On s'est installés dans la barque d• grand-père qui vient souvent pêcher ici.

Il a fait chaud.
On était bien au bord de l'eau, dans la verdure !

J'aime beaucoup cet endroit. Il y a des poules d'eau, des grenouilles, toutes sortes d'oiseaux et aussi, parfois, des chats perdus, abandonnés par leurs maîtres…
Nous avions le dos tourné quand tout à coup… Un chat sauvage a attrapé une cuisse de lapin. J'étais fâchée. J'ai voulu le chasser. La barque a basculé. Jean est tombé à l'eau.
– Hou ! voleur. Va-t'en, vilain chat !

– Ce n’est pas un chat, a crié Jean qui sortait de l’eau… C’est une chatte… Elle attend des petits.
– Ah bon ! Tu crois ?…

Aussitôt, j’ai eu des remords :
« Reviens, reviens, Minouchette ! »

On a réussi à l’amadouer.
La chatte a mangé tout ce qu’elle voulait.
Mes amis, quel appétit !…

Une fois le repas terminé,
Minouchette a fait sa toilette.
– Laissons-la tranquille !

Comme on n'avait plus très faim et qu'il faisait très chaud, on s'est baignés dans la rivière.

Heureusement, on avait emporté nos maillots. L’eau était tiède et claire.
On s’amusait comme des fous.

À cet endroit se trouve un cabanon.
Grand-père y range ses outils.
C’est très pratique pour se rhabiller.

Mais là, une surprise nous attendait…

La chatte Minouchette s’y était réfugiée pour mettre bas et maintenant, voilà qu’il y avait cinq chatons dans le fauteuil de grand-père !

Quelle histoire !

On ne pouvait pas les enfermer dans le cabanon.
Pas question, non plus, de les abandonner sans abri.
Ils étaient si petits, si fragiles !...
– Si on les emmenait à la maison ? dit Jean.
– Penses-tu ! Maman ne voudra jamais !
– Il leur faudrait une niche.
– Cette caisse fera l'affaire.

– Mettons-y une vieille couverture et un coussin pour que les chatons n'aient pas froid.
– Là-dedans, ils seront très bien.

Samedi 27
Cette nuit, il a fait un orage terrible. Je me suis réveillée en sursaut.

J'ai couru fermer la fenêtre. La pluie tambourinait sur les vitres. J'ai vu un arbre s'abattre dans le jardin du voisin… Il y a eu une panne d'électricité.

Pauvre Patapouf. Comme il tremblait !
– Est-ce que c'est le déluge ?
– Mais non !... Mais non !...
J'avais beau rassurer Patapouf, j'étais très inquiète à cause des chatons. Je me disais : « Si la rivière déborde, ils vont se noyer ?... Si la tempête renverse la caisse, ils seront étouffés dessous, blessés peut-être ? »

Dimanche matin 28. La tempête se calme. Je file à bicyclette jusqu'au cabanon...

Ouf ! Les chatons sont sauvés !
Non, pas tous. Il en manque trois. Que sont-ils devenus ?
Les reverra-t-on jamais ?

Quelques semaines plus tard…
Je n'ai pas revu les trois chatons perdus.
J'ai du chagrin.

Ces deux-là, par contre, grandissent à vue d'œil. Ils commencent à circuler autour de la caisse. L'un s'appelle Boule. L'autre, c'est Plume. Je les soigne bien.
Boule est très gourmand :
– Allons, recule ! Il faut laisser manger ton frère !

Plume est un petit chat timide.
Il ne ferait pas de mal à une souris. Il ne pèse pas plus lourd qu'un moineau.
C'est celui-là que je préfère.
« Comme j'aimerais le caresser ! »

Samedi 24

Plume s'amuse avec un rien :
une marguerite, un chiffon de papier,
une plume, un brin de paille.

J'ai tout essayé pour l'apprivoiser.
Mais il se tient toujours sur ses
gardes.
« Faisons semblant de dormir.
Il se laissera peut-être
amadouer ?… »
Il s'approche. Il est tout près.
Je vais pouvoir l'attraper.

Quand j'ai voulu le prendre dans mes bras, Plume a bondi comme un ressort.
– Non, attention ! par là c'est la rivière !…
Plus on criait, plus il détalait.

Rien ne pouvait l'arrêter. Il courait, courait sans prendre garde au danger.
– Il va tomber à l'eau… Tu crois qu'il sait nager ?
– Rattrapons-le !

De l’autre côté de la rivière, Plume a grimpé le long d’un arbre.

Là-haut, pris de panique, il a voulu redescendre.
Mais il n’osait plus bouger.
– Pauvre Plume ! s’il tombe, il va se casser les reins.

Je ne pouvais pas abandonner
ce petit chat étourdi à son infortune.

Vite, on est allés chercher l’échelle,
près du cabanon.
Elle était trop courte. En plus,
Jean avait le vertige.

Le chaton miaulait, miaulait…
Que faire ?

À mon tour, j'ai grimpé dans l'arbre
– Je viens, Plume, je viens.

C'était haut !
Le vent agitait les branches.
Une guêpe bourdonnait.
J'avais peur.

Jean criait :
– Tiens bon !…
Tu es presque arrivée.

J’étais tout près de
Plume. Il ne pouvait plus
m’échapper. Je l’ai pris dans
mes mains. Son cœur battait, battait.

Je l’ai ramené à terre avec précaution.
Il était sain et sauf. Je l’ai rassuré avec des câlins.
Il s’est laissé cajoler.

Mercredi 5
Plume est devenu mon ami. On s’entend bien, tous les
deux. Chaque fois que je peux, je viens lui tenir
compagnie.

Aujourd'hui, rien ne va plus.
Minouchette s'est mise en colère.
Elle rejette Plume et Boule, car elle
attend à nouveau des petits.

Samedi 8

Que vont devenir Plume
et Boule ?
Il faudrait les ramener à la
maison.
Papa est d'accord, mais…

… à une condition :
– Ils nicheront dans la
remise !

On allait se mettre en route…
Zut ! zut ! et zut !

Ma bicyclette avait une fuite !
Alors je me suis installée sur le vélo de Jean.

Nous sommes arrivés au champ de maïs, là où j'avais quitté Plume la dernière fois.
Plus de maïs ! On avait fauché le champ.
Où donc était passé Plume ?
– Là-bas ! le voilà !
– Mais tu vois bien que c'est un lièvre !
Le pêcheur, au bord de la rivière, n'avait pas aperçu les chats depuis jeudi.
Plume n'était pas au cabanon. Boule non plus.

Un tracteur passait sur la route.
On a interrogé le fermier.

– Plume et Boule ? Bien sûr que je les ai vus. Ils couraient dans le maïs. J'ai failli les écraser avec mon tracteur. J'ai pensé qu'ils seraient plus en sécurité dans la grange. Venez donc les voir quand vous voulez.

Dimanche 9 : Nous sommes allés voir Plume et Boule chez le fermier. On était un peu tristes. On aurait préféré les avoir chez nous. Mais on était rassurés. À la ferme, ils ne manqueraient de rien… Et puis, à la maison, ils se seraient sûrement bagarrés avec Moustache.

martine

il court, il court, le furet !

Les vacances sont finies. Cette année, Martine est allée à la montagne avec ses grands-parents. Maintenant, il faut rentrer.
Grand-père préfère rouler la nuit pour éviter les embouteillages.
Patapouf est resté à la maison. Il ne supporte plus les voyages...
Ça le rend malade...

Comme la route est longue !
Bercée par le mouvement de la voiture,
Martine s'endort...

Quand elle se réveille,
la journée est déjà bien avancée.
– On est arrivés ?... Quelle heure est-il ?
J'ai dû dormir longtemps !
Grand-père a déjà déchargé les bagages...

Grand-mère s'affaire dans la cuisine.

– Bonjour, Mamy ! J'ai une faim de loup !
Je peux t'aider ?
– Bonne idée ! Va dans le jardin me cueillir une salade. Tu t'habilleras ensuite. Rapporte-moi aussi quelques fleurs pour décorer la table. C'est l'anniversaire de Papy aujourd'hui.

Martine adore le jardin de ses grands-parents. L'été, il regorge de légumes, de fruits et de fleurs. On y trouve aussi des plantes aromatiques que grand-mère utilise pour parfumer les plats. “C'est un vrai jardin de curé”, dit-elle souvent en riant.

– Mamy… Mamy !
– Qu'y a-t-il donc ?
– Le jardin est dévasté !
Toutes les fleurs sont piétinées.

C'est grand-père qui va être en colère !
Tous les légumes sont grignotés.
Les choux, les salades ont l'air malades.
Quant aux carottes…
Mais qui a pu faire cela ? un maraudeur ?
un chat ? un chien ? les oiseaux ?
«À quoi sert d'avoir un épouvantail,
s'il ne fait peur à personne ?»
pense Martine.

– On n'aurait peut-être pas dû s'absenter
si longtemps, dit Mamy en posant
le couvert.

L'après-midi est chaude et calme.
Martine retrouve son petit coin de jungle tout au fond du jardin.

Elle se hisse dans son hamac et feuillette le livre qu'elle a emporté. Autour d'elle, on n'entend pas une mouche voler. Seul un merle siffle parfois dans le cerisier.

Martine a les yeux qui se ferment. Elle abandonne son livre.

Soudain, elle sursaute ! Il fait presque nuit. Que se passe-t-il ? Elle croit rêver. Quelque chose s'agite autour d'elle. On dirait une pelote de laine, avec des oreilles. Mais non, c'est un lapin… puis deux, puis trois ! Un bataillon de lapins !

– Papy, viens vite ! Il y a des lapins plein le verger !
– Des lapins ? Mais d'où viennent-ils ? Le temps d'allumer la lanterne, et tous ont disparu.

– Saperlipopette ! Ils ont rongé le pied des arbres que j'ai plantés cet hiver, et mes reines-claudes sont fichues ! Maudites bestioles !

Martine est inquiète :
– Dis, grand-père, tu ne vas pas les tuer ? Il faut les ramener au bois. Mais comment les attraper ?

Grand-père réfléchit :

– Nicolas, le fils du fermier,
a bien un élevage de furets, mais…

– Des furets ?

– Oui. Ils délogent les lapins de leurs terriers.
Va le voir. Il pourra peut-être nous aider.

– Bonjour, Nicolas ! Le jardin de grand-père est envahi par les lapins.
Il paraît que tu as des furets qui peuvent nous tirer d'embarras.
Peux-tu nous en prêter un ?

– Mais oui, bien sûr ! Je te présente Finaud. N'aie pas peur.
Celui-ci est le plus gentil, il ne mord pas. Mais fais quand même attention.
Il a les dents pointues comme des aiguilles.

– Qu’est-ce que tu lui donnes à manger ?
– Il adore les œufs. C’est pour ça
que la poule s’en méfie. À part cela,
on le nourrit comme un chat.
– Comme il est drôle ! s’écrie Martine.
Tantôt on dirait une grosse souris,

tantôt un tout petit ours.

Attention !
Il se faufile partout.
Il aime jouer
à cache-cache.
Je vous l’amènerai
demain.

Le lendemain matin, Nicolas arrive avec son furet et des filets.
– Pourquoi tout cet attirail ? s'étonne Martine.
Nicolas lui explique alors comment les lapins creusent des galeries dans le sol, en laissant toujours une porte d'entrée et une porte de sortie. Il faut donc boucher tous les trous, sauf deux ou trois, où on pourra les capturer.

– Placez-vous à cet endroit avec les filets ! dit Nicolas.
On introduit Finaud dans la galerie.
Quel remue-ménage là-dedans !
Attention ! Ils sortent !
En voici un qui s'est fait prendre.
– Tiens bon, Martine !
Le lapin se débat. Gare aux coups de griffes !

Martine et grand-père savent
maintenant comment s'y prendre.
Mais une journée ne suffira pas.
– Je vous laisse Finaud,
dit Nicolas. Je viendrai le reprendre
quand vous aurez fini.

Deux jours plus tard, tout est
terminé. On enferme les derniers
lapins dans des cageots.

– Maintenant, nous allons les ramener dans le bois, dit Martine.
Ils y seront plus contents… et Papy aussi !

Martine et Finaud sont devenus
d’excellents amis.
«Surtout, ne le laisse pas s’échapper !»
avait recommandé Nicolas.
«D’accord. Je ferai attention.»

Tout en se promenant, Finaud découvre le trou par lequel tous les lapins
sont entrés dans le jardin.
– Il faudra dire à grand-père de bien le reboucher !

Finaud entraîne Martine en direction
du cellier.
Voyons… où conduit cet escalier ?

Autrefois, on entreposait le cidre dans ces grands tonneaux.
Maintenant ils sont vides, mais ils sentent toujours bon le jus de pomme.
Toc, toc, toc… Y a-t-il quelqu'un là-dedans ?
Il fait noir comme dans un four.

Soudain, quatre… cinq… six petites choses
grises bondissent hors du tonneau.
– Hiiiiiii… ! ! ! des souris !
Qui sait depuis quand elles habitent
cette barrique ! Bravo, Finaud,
tu les as débusquées !

– Qu'y a-t-il dans ce vieux poêle à bois ? (Martine retient son souffle.)
Que va-t-on encore trouver ?

Les secondes, les minutes s'écoulent.
Finaud ne réapparaît pas.
– Finaud ? Finaud ?
On n'entend rien. Martine s'inquiète :
– S'il est perdu,
Nicolas sera très mécontent.

Martine s'impatiente. Elle tambourine sur la buse du poêle.
Poufff… ! voilà qu'elle a pris toute la suie sur la figure !
– Finaud… mais que fais-tu ?

Il a dû grimper par le conduit de cheminée.

Finaud est ressorti par ici. Il a laissé des empreintes sur le sol. On peut le suivre à la trace. Il va mettre de la suie partout !

Coucou ! le revoilà !

Dehors, grand-mère termine la lessive.
Elle a l'air de bonne humeur.
– Eh bien, d'où sortez-vous
tous les deux ? Vous êtes noirs
comme des charbonniers !

Un peu d'eau
et du savon et…
au bain le furet !

Martine espère s'en tirer en se débarbouillant seulement les mains et le visage. Mais grand-mère ne l'entend pas de cette oreille.

– Regarde-moi ces jambes ! et ces bras ! et ce cou ! Comment as-tu fait pour te salir de la sorte ? Dans le baquet, ma fille ! Tout de suite !

Drelin… Drelin…

Une bicyclette s'approche.

On entend grincer la grille du jardin. C'est Nicolas qui vient rechercher Finaud…

– Vite, je me cache !

– Bonjour, Nicolas.

– Bonjour, madame. Avez-vous encore besoin de Finaud ?

– Non, non. Tu peux le reprendre. Il n'y a plus un seul lapin. Ni au jardin, ni dans le verger. Tu nous as rendu un grand service. Papy est très content !

– Bonjour, Finaud. Mais il est propre comme un sou neuf ! Martine n'est pas là ?

– Elle était ici il y a une minute, mon garçon. Elle ne doit pas être bien loin… Elle ira te remercier avec son grand-père.

Nicolas suit du regard
une guêpe qui bourdonne.
Elle va se poser juste
sur le nez de l'épouvantail.
– Génial, votre bonhomme
de paille ! dit-il. Il a vraiment
l'air naturel !

Au revoir, madame ! À bientôt.

– Viens, Martine, Nicolas est parti. On la prend cette douche ?
– Tu as vu comme il m'a dévisagée. Et cette guêpe
qui m'agaçait. Crois-tu que Nicolas m'ait reconnue ?
– Bien sûr que non !
Alors Mamy se met à rire ! Et Martine avec elle.

martine

en classe de découverte

Il est huit heures.
Le soleil n'est pas encore levé.
Aujourd'hui, Martine a le cœur qui bat à l'idée de partir
en excursion avec l'école.
D'une main, elle essuie la buée de la vitre du car
qui va les emmener.

Comment se fait-il que Ludo ne soit pas encore là ?
– Il n'a pas entendu son réveil ! soupire Lise.
Il est en retard, comme d'habitude...
– Ce serait dommage qu'il manque cette journée,
pense Martine.
Le moteur se met à ronfler. Cette fois, ça y est ! on part !
– Attendez-moi ! Attendez-moi !

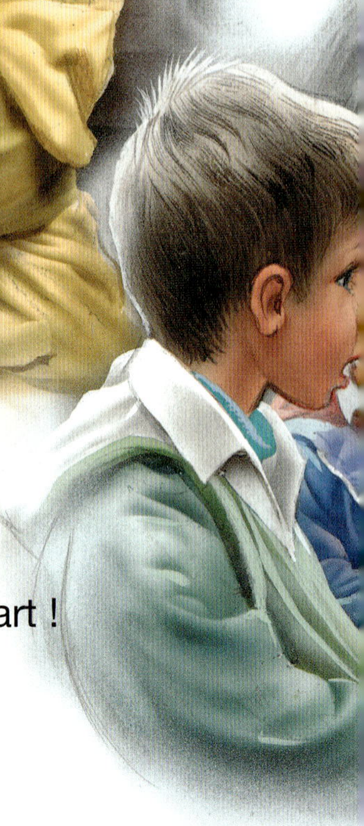

Ouf ! C'est Ludo ! Il arrive juste à temps…
mais complètement à bout de souffle.
À l'intérieur du car, on se croirait dans une volière. Tout le monde rit,
bavarde, s'agite… sauf Ludo !

– Oh ! Regarde ! dit Sylvie.
Il n'a pas l'air dans son assiette.

– Je ne me sens pas très bien,
gémit-il. J'ai le mal de voiture.
Martine le rassure :
– Ne t'inquiète pas, on arrive.

Souriante, une guide les attend et leur souhaite la bienvenue.
– Bonjour ! Je m'appelle Carine ! Nous allons passer une journée formidable ! Imaginez que nous sommes des explorateurs. Nous partons à la découverte des oiseaux du monde entier. Chuuut ! Il va falloir parler tout doucement pour ne pas les effrayer.

Ludo se sent déjà beaucoup mieux. Il reprend des couleurs.

On s'attarde un peu dans la ferme miniature, juste le temps de jouer à je-te-tiens-par-la-barbichette avec le bouquetin. Mais il faut avancer.

– Voici les perroquets ! Ceux que vous voyez ici s'appellent les "inséparables". Sans doute parce qu'ils aiment se reposer en se serrant les uns contre les autres.
Carine explique qu'ils appartiennent à la famille des PSITTA-CI-DÉS. Ils ont tous un bec puissant. C'est une véritable pince qui leur permet de décortiquer les aliments.

– Regardez l’ara bleu. Son bec lui sert aussi de troisième patte lorsqu’il s’accroche aux branches.
Martine prend des notes.
– Comment faut-il écrire psittacidés ?
– Avec deux T ! répond Ludo qui a repéré le nom sur le panneau d’information.

On pénètre maintenant dans une immense volière… plus haute que la cime des arbres.

Martine et Ludo tombent nez à nez avec des oiseaux majestueux.
Ce sont les grues couronnées.
D’une extrême courtoisie, elles s’inclinent profondément en agitant leur crête jaune, noire et ocre, comme pour saluer les enfants.

Plus loin, un groupe d'oiseaux attire tous les regards.
– On dirait un arbre de Noël !
– Ce sont les ibis rouges, précise Carine.
Ils vivent en Amérique du Sud, mais sont de la même famille que les cigognes et les hérons.
Et regardez ! Là ! Les spatules blanches. Elles se reconnaissent facilement avec leur bec en forme de cuillère.

Tout à coup, un violent coup de tonnerre éclate !
La pluie se met à tomber.
– Vite, un abri !
Ludo a déniché un parapluie.

Mais quel est ce drôle d'oiseau ? Il a l'air furieux.
Il pousse des cris rauques et claque du bec,
comme s'il voulait dire quelque chose.
Martine s'impatiente :
– Dis-lui de ne pas bouger pendant que je le dessine !

À quelques pas de là, deux oiseaux
appelés communément
“becs-en-sabot” contemplent
la scène goguenards...

– J’aimerais que tu me photographies
avec des oiseaux rigolos !
C’est pour mon album… dit Ludo.
– Attends ! s’écrie Martine,
je fais un gros plan de ce…
mais comment s’appelle-t-il ?

Sur la table d’identification, on peut lire ceci :
“Le savacou est un oiseau d’Amérique centrale.
Il vit au bord des fleuves, des étangs ou des marais
et se nourrit de poissons ou d’insectes.”
– Attention ! il n’a pas l’air commode…
– Oh là ! Il nous prend pour des paparazzi !

On quitte la grande volière, pour la serre tropicale. Ici, il fait très chaud ! Les toucans au bec rouge lancent des cris perçants, mais c'est surtout le bec du calao qui fascine Martine.

– On dirait un ballon gonflable, dit Ludo.

Au bord de l'eau, très hauts sur pattes, se promènent toutes sortes d'échassiers.

Changement de décor : ici, il n’y a presque pas de végétation.
C’est la serre aride : on se croirait dans le désert !

Avec leur bec, les oiseaux viennent aspirer l’eau contenue dans les cactus et les plantes grasses, comme s’il s’agissait d’éponges.

C’est là qu’habite le grand géocoucou. Aux États-Unis, on l’appelle “le coureur de route”. Il a l’air affairé et se déplace à toute vitesse…
Il semble dire :
– Bonjour ! je suis pressé ! Bonsoir !

Maintenant, tout le monde s'élance vers la plaine de jeux où trône une pyramide géante. On dirait une immense toile d'araignée. C'est à qui arrivera le premier tout en haut.
Mais à peine grimpé sur les cordages, Ludo laisse tomber ses lunettes.

– Attends, dit Martine. Ce n'est pas grave. Le verre n'est pas cassé. Je vais pouvoir le remettre en place.

– Super ! s'écrie Ludo. Je vois mieux qu'avant !

Après un substantiel pique-nique, chacun s'installe à une table dans l'atelier de bricolage.

Carine distribue de la terre glaise et un peu d'eau.

– Qu'est-ce que tu vas faire ?

– Un nid avec des œufs, dit Kevin. C'est moins compliqué.

Martine tente de faire un marabout.

Mais l'oiseau a l'air bougon et grincheux.

A-t-elle mis trop d'eau ?

La chouette de Ludo est très jolie avec sa tête en forme de cœur.

On dirait qu'elle va s'envoler !…

Nous voici dans un décor de ruines médiévales.
Ici, c'est le repaire des aigles et des vautours.
Du haut d'une tour, une chouette s'envole.
C'est peut-être celle de Ludo ?
Sans bruit, elle plane au-dessus de l'assemblée...
FFRRRRR... puis, dans un frémissement
d'ailes, elle rejoint le dresseur qui la pose
délicatement sur la tête de Sylvie...

Le spectacle est impressionnant, mais il n'y a aucun danger. Les rapaces sont habitués à la foule et les démonstrations sont longuement préparées.

Après la représentation, Martine et Ludo font un petit détour du côté des étangs, là où les flamants roses et les pélicans vivent en liberté.
C'est justement l'heure du repas.

Avec leur célèbre bec en forme d'épuisette, les pélicans attrapent les poissons. Martine en profite pour photographier la scène.

Le temps a passé très vite. À l'horizon, le soleil va bientôt se coucher. Les ombres s'allongent au pied des arbres.

Quelques élèves repartent en direction de la sortie pour rejoindre le car qui les attend déjà.
Mais Martine a le cœur serré. Depuis l'étang aux pélicans, elle n'a pas revu Ludo.
Elle décide alors de rebrousser chemin et de partir à sa rencontre.
Non loin de là, la maîtresse rassemble les enfants.

Tout le monde semble bien fatigué. On se compte.
Ludo manque à l'appel.
Par où a-t-il bien pu passer ? Qui l'a aperçu la dernière fois ?
La maîtresse interroge les derniers arrivés.
– Et Martine ?
– Elle est partie à sa recherche !

Carine consulte le plan.
– Voyons, à quel endroit peut-il bien se trouver ?
Près de la grande volière ? Dans la serre tropicale ?

– Ludo s'est certainement attardé près des étangs, dit la maîtresse en scrutant l'horizon.
Au loin, elle n'aperçoit que les cygnes et les cigognes.

Mais voilà le jardinier qui apparaît en faisant de grands gestes.
Il transporte un oiseau bizarre dans sa brouette.
Les enfants s'approchent…
– Mais c'est Ludo ! s'écrie Martine qui a rejoint le groupe.

Ludo s’en tire avec un peu d’eau dans les bottes.
Sur le chemin du retour, il raconte son aventure à qui veut l’entendre.
– J’ai glissé en voulant attraper une très belle plume de flamant rose.
Elle flottait sur l’eau, tout près du bord…
Heureusement, le jardinier était là !

En souvenir de cette journée inoubliable,
la maîtresse a pris une dernière photographie
avec Ludo dans la brouette.
C’est promis ! Elle l’accrochera en bonne
place sur le mur de la classe !

http://www.casterman.com

D'après les personnages créés par Gilbert Delahaye et Marcel Marlier / Léaucour Création.
Achevé d'imprimer en mai 2010, en Chine par Leo Paper. Dépôt légal : Mai 2007 ; D. 2007/0053/270.
Déposé au ministère de la Justice, Paris (loi n° 49.956 du 16 juillet 1949 sur les publications destinées à la jeunesse).